KB060242

청어詩人選 402

태양의 전설

김용주 제4시집

청어

태양의 전설

김용주 지음

발 행 처 · 도서출판 청어
발 행 인 · 이영철
영   업 · 이동호
홍   보 · 천성래
기   획 · 남기환
편   집 · 방세화
디 자 인 · 이수빈 | 김영은
제작이사 · 공병한
인   쇄 · 두리터

등   록 · 1999년 5월 3일
(제1999-000063호)

1판 1쇄 발행 · 2023년 8월 10일

주소 · 서울특별시 서초구 남부순환로 364길 8-15 동일빌딩 2층
대표전화 · 02-586-0477
팩시밀리 · 0303-0942-0478

홈페이지 · www.chungeobook.com
E-mail · ppi20@hanmail.net
ISBN · 979-11-6855-168-8(03810)

본 도서는 2023년 한국예술인복지재단 창작준비금 일부를 지원받아 발행하였습니다.

태양의 전설

김용주 시집

서시

푸르른 하늘을 보면 무언가 감격스럽고
반짝이는 별빛을 보면 괜히 서러움에 눈물겹고
산과 들 강과 바다를 보면 한량없이 즐거워지기도 한다.

태양의 신화라고 할까, 아니면 세계라고 부를까?
심히 번뇌하는 중에 전설이라고 쓴다.
어느 어휘를 선택하거나 그 안에는 모든 꿈과 의미와 감
동이 넘친다.

삶의 질문은 해답도 정답도 없는 것 같다.
이는 누구나 궁금해하면서도
쉽게 대답하지 못하는 주제이고 지워지지 않는 의문 부호이다.
어쩌면 알 듯하면서도
그럴수록 까마득히 먼 미지의 세계로 빠져드는 것이 인생이다.
나는 시를 사랑하고
시를 쓰면서도
너무도 짙고 깊은 사색의 땟물에 배어있다.

그리하여 가급적 평범하고 쉬운
순수 언어를 찾아보려고 무척이나 애를 쓴다.
나의 노래 나의 시편들이
여린 가슴에 무겁고 해맑지 않게 다가오는 것이 사실일
거라는 생각이 든다. 달콤하면서도 쓴듯한 맛은 모든 약이
지닌 이로운 자양분이다.

영광스럽게도 어느결에 네 번째 시집을 상재 한다.
삶의 연륜이 쌓이면서
젊음의 피가 사그라드는 듯할 때
머릿속을 맴도는 뜨거운 언어들의
꿈틀거림을 되살려 본다.
나의 시를 읽고 사랑하는 분들이
인생을 살아가는데 위안과 기쁨을 얻고
언제까지나 끈끈한 동반이 되어주기를 바라는 마음이다.

A.D 2023년 5월
榮館 김용주

차례

2부 태양의 전설

3부 사랑하기 위하여

4부 아침의 선물

5부 코로나19 바이러스

1부

거울을 닦으며

당신은

당신은 내 안에 있다.
당신은 내 안에 존재하고 항상 내 안에 산다.
당신은 내 머릿속에 있다. 내 정신 안에 있다.
내 이성 안에 있다.
당신은 언제나 그 사실을
나에게 가르쳐 준다.

나는 늘 당신을
나 밖에서 찾으려 한다.
당신을 저 높고 넓은 우주에서 찾으려 한다.
그렇지만 당신은 그렇게 멀리 있는 존재가 아니다.
나 가까운 곳에서
나 안에서도 찾을 수 있다.
만일 내가 당신을 자신 안에서 찾지 못한다면
나는 어디에서도 어느 때에도
나의 당신을 찾을 수 없다.

그런 나는 어느 경우에도
당신에 관하여 말하여서는 안 된다.
달콤한 혀끝으로 당신을 찾지 못하면
나는 누구도 알 수가 없으므로
당신을 찾은 그 누구를 이해할 수가 없다.
당신에 관하여 알지 못한다면
생각은 그저 편견과 오만일 뿐이다.
당신과 나 둘 사이에 항상
주의를 기울이며 사랑을 한다.

꿈의 의미

꿈은 아름다워요.
아름다우니까 꿈이죠.
꿈은 언젠가는 이루어집니다.
설령, 그 꿈이 이루어지지 않는다고 해도
꿈은 신기루처럼, 오로라처럼 아름다워요.

꿈은 참 달콤해요.
감미로운 까닭에 꿈인 거죠.
꿈을 꾸면은 행복해져요.
꿈속에는 마음으로만 느낄 수 있는 꿀이 있어요.

꿈은 정말 신비로워요.
신비로운 이유로 꿈이라고 부르죠.
꿈은 어디에서 오나요?
꿈은 누구에게나 옵니다.
그런 꿈이 점점 사라질 때가 있다고요?
염려하지 마세요.
꿈은 절대 그대 곁을 떠나지 않아요.
꿈은 항상 그대를 지켜줍니다.

그렇지만 꿈에게 너무 얽매이지는 마세요.

잡으려고만 하면 더욱 멀리 날아가는 것이 꿈이니까요.

꿈은 그냥 꿈인 거죠.

꿈은 언제나 미완성의 세계입니다.

그래서 꿈은 아름다운 거예요.

거울을 닦으며

누구라도 거울 앞에 서면
그 해맑은 빛의 세계에 비치는
자신 얼굴을 바라보게 된다.
수정처럼 깨끗한 거울이기를
더 밝고 눈부시기를 바라며
마음을 적시어 내면의 속을 닦아 본다.

때로는 거울이 좀 흐리고
내 모습이 잘 비치지 않았으면 하고
고개를 돌릴 때가 있다.
먹물보다도 진하던 머리숱이
어느새 흰 머리칼 띠를 두르고
오랜 인생길에 지친 듯한
안광마저 빛이 흐려진 눈동자며
늘어진 양어깨의 모습이
형체만 비칠 정도로 거울이 흐렸으면 좋겠다.

그래도 오늘은 거울을 닦자.
그대의 작은 뒷등처럼 어딘가에
아직도 비춰보지 못한
그대의 모습이 남아 있는지.
언제나 거울은
나를 기다릴 것이다.
거울 앞에 다시 선 나를 비춰볼 수 없을 때
나를 어디에서 찾을 수 있겠는가.

청춘

젊음이여
돈이 명예가
세상의 그 어떤 부귀공명이라도
청춘을 대신할 수는 없다.
항상 청춘에 감사하라.

가난한 젊음을 비하하지 말고
그대의 청춘을 원망하지 말라.
오직 젊음을 찬미하라.

그대가 청춘을 잊고 포기한다면
그대를 위한 구원의 손길은 점점 멀어진다.
그대 자신의
인간이라는 존재 이름을 내려놓는 것이며
모든 희망 사항은 사라진다.

길 위에서

길이란 길은
앞으로 달릴 수도 있고
중간 그 어디쯤에서
회귀하여 돌아올 수도 있다.
로마로 가다가
서울의 집으로 향할 수도 있다.

먼 길을 갈 때
사람은 앞으로만 걷는다.
로마로 갈 때도 앞으로 가고
집으로 올 때도 앞으로만 달린다.
사통팔달 길은 어디든지 통하지만
사람은 앞만 보고 걷는다.

하늘을 보는 이유

아침에 일어나면
창문을 열고 하늘을 봅니다.
동쪽으로 서쪽 하늘로 고개 돌려가며
오른쪽 왼쪽으로 가슴을 젖혀
넓은 창공을 바라보죠.

나는 하루 한 번쯤은
하늘을 보죠.
찬란한 태양이 하늘 어디쯤 떠 있는지.
낮에 보지 않았을 땐, 지금쯤
저녁별이 비치기 시작하는지.

쉬운 일 같지만
날마다 하루 한 번씩
하늘을 본다는 일이
세상 사람이면 다 그런 것은 아닙니다.

나도 왜 하늘 보기가
일상이 되었는지 몰라요.
어린 시절부터 지금까지
하늘을 보면 그냥 꿈을 꾸게 되죠.
무슨 일인지 몰라도 꿈이 이루어질 것 같고
가슴이 벅차게 부풀어 올라요.

제 오의 계절

봄 여름 가을 겨울
상시 오고 가는 계절이지만
내게는 오지 않는 봄이었다.

온 산과 들에
피어나듯 번져 흐르는
흐드러진 녹음의 시절이 와도
내게는 먼 이국의 여름이었다.

마르고 불태우고 아우성치는
낙엽의 가을이 멀어져가도
아직 오지 않는 때가 있었다.

가누지 못하는 더운 열기를 식히던
비바람은 동토의 눈보라로 바뀌고
하늘이 벌판 위에 바닷물처럼 출렁거려도
영영 오지 않는 계절이었다.

언제 와서 어느결에 떠나는지 알 수 없는
봄이었다.

봄비의 사랑은

나는 지금 봄비를 반긴다.
비는 가장 좋아하는
내가 사는 고을 들 가운데 고인
호수를 사랑하여 내린다.
잔잔한 수면에 오색 동그라미 수 놓으며
방울방울 잠기는 깨알 비여!

비는 나 홀로 지키는
차가운 뜰에도 봄보다 먼저 와
붉은, 하얀 매화 꽃망울을 터뜨린다.
비는 진실로 꽃을 사랑하여
이렇게 서둘러 온다.
아직도 여린 날개가 시릴까 봐
날아오지 않는 나비 가족 기다린다.

봄비는 풀빛이 감도는 뜰에 누워있는
커다란 바위를 사모하는가 보다.
검은 바위는 묵묵부답 고요하고
부서지는 빗방울만 속삭인다.

무엇이 되고 싶나요

당신은 잡초 속에 서로 어울려
소담스레 피는 풀꽃과
해에게 손 닿을 듯 별이라도 따올 듯 하늘로 치솟으며 피는
사과나무꽃 중 하나가 되라고 하면
어느 꽃을 선택하겠는가.

당신은 일 년 피었다 지며 씨앗을 남기는 꽃과
엄동의 겨울을 견디고 일 년 후에도 피는 여러해살이꽃
중에
어느 꽃이 되고 싶은가.

당신은 땅속 깊이 알뿌리를 묻었다가
다음 해에도 싹을 틔우고 꽃을 피우는 알뿌리 식물과
한 시절을 잠깐 피었다가 아쉽게 사라지는
한해살이 줄기 식물 중
어느 꽃이 사랑스러운가.

삶이란 어느 하나 마음대로 가질 수 없는
꿈 같은 것이라오.

측백나무와 나

나무야 나무야!
너는 한 그루 측백나무다.
그런 너는 진실로 너다.

시인 시인이여!
나는 지금 측백나무 앞에 서 있지만
나는 내가 아니다.
나무 네가 보는 시인이 아니다.

반려견 킹콩아!
너는 갈색 털이 많고 머리통이 큰
한 마리 도사견이다.
지난 수억 년 동안
너는 개의 후손으로 살아왔고 살아갈 것이다.

시인 시인이여!
나는 오랜 세기 동안
영장류로 진화해 온 인간이지만
지금 나는 내가 아니다.
시인이 아니다.
측백나무도 도사견 콩 너도 모르는
그 누구일 뿐이란다.

나는 너를 알 수 있지만
너는 나를 모른단다.

잉어

잉어를 잡는단다
내게 보러 오라는 전화가 온다.
젊은 시절 벼리어 온 잉어잡이가 이루어지는 날.
흰 소띠해 눈부신 첫 태양을 맞은 지 수 일
꽁꽁 얼어붙은 길을 달려
용담 마을 어느 외진 집에 도착한다.

수조 안에 엎드린 듯 숨 쉬고 있는
살찐 잉어 몸에서 황금빛 비늘이 튄다.
서울 노량진 수산 시장에 놀러 갔다가
한 마리 사 온 참다랑어 새끼만 한
잉어 무게는 이백 그램 모자란 육 킬로그램.
앉은뱅이저울이 기울어진다.

잉어를 만나려고
두 해 전에 전화 주문 하고는
하얗게 까맣게 잊고 있었는데,
오늘에야 너도 나를 보러 오는구나!

어느새 잉어가 용담 호숫물을 가르며
살랑살랑 헤엄쳐 간다.

잣

부처님 염주 알이
붉은 복주머니 안에 가득하네요.
산신령님 황금 이빨이
열을 지어 박혀 있어요.

매화 난초 국화 대나무가 사군자라고요?
천만에요. 조금 서운할 뻔해요.
잣[松子]을 넣으면 오군자가 됩니다.

아름다운 꽃

향기로운 꽃은
멀리서 볼 때 가장 예쁘다.

아름다운 별은
멀리 바라보일 때 가장 신비롭다.

아름다운 그대여!
가까이 다가갈수록 더욱 멀어지는
그대와 나

우린 서로 멀리서 더욱 그리운
아름다운 존재
아름다운 꽃과 별로 남아있어요.

섭리

높은 산은
오르는 사람이 적고,
물고기는
깊은 물에 오래 놀지 않는다.

아름다운 새는
즐겨 찾는 이가 많아도
잡지 않으며,
향기로운 꽃은
벌 나비가 날아들지만
꺾지 않는다.

혼자 있어도 외로워 말고
둘이 함께라면 더욱 행복해하라.

2부

태양의 전설

별자리 별

어젯밤에는
저 하늘의 별들이
참 밝고 눈부시게 보이더니
오늘 밤에는 몹시 어둡고 슬프게 비칩니다.
나 어렸을 적에는
저 은하수 성운의 궁궐도
마냥 신비롭고 아름답게 빛나더니
이제 이순의 나이에 접어드니
단지 외롭고 아득할 뿐입니다.

어느 사이에
저 하늘의 별들이 바뀐 이유일까요?
가없이 흐르는 세월에
내가 변했을까요?
시간이 흐르면
푸른 별들도 나이를 먹고
나도 늙어가는 존재가 되어갑니다.
그래도 그때 별자리의 저 별이고
어제의 내가 지금의 나일 텐데 말이죠.
내일은 별이 새 별자리에서 떠오르나요?

영원의 꽃

세계에서 가장 아름답게 빛나는
꽃은 불꽃이다.
우주에서 제일 화려하고
밝게 빛나는 별은 혜성이다.
빛의 축제를 벌이기 위해
영겁의 세계에 잠시
태어났다가 사라지는 유성 같은 별이다.

사랑하는 이여!
이 세상에서 가장 밝고 아름다운
별이 되려는 꿈은 갖지 않아도 좋다.
은은하게 멀리서 오래도록 빛나는
그대 별꽃이 되어라.

태양의 전설 1

태양! 참으로 찬연하고 아름답다오.

해를 왜 태양이라고 이름 지었는지 아시는가?

커다란 빛 덩어리, 혹은 이글거리는 불덩이임에 태양이
라고 부르는가.

해! 선(SUN)이라는 숱한 이야기는

정말 태양의 가장 사랑스러운 영혼의 얼굴인가?

저 찬란한 광채와 뜨거운 열기와

하루 한 번씩 동쪽에서 떠올랐다가 서쪽으로 기우는

해는 우주의 법칙에 부합하는 실체인가?

그대에게서 태어난 빛을 영혼을

태양의 신 아폴론이라고 헬리오스라고 부르노라.

저 눈 부신 태양이 아니었으면 정녕

나는 지금 이 세계에 존재하지도 않았을지 모를 일이야.

아마도 나는 저 영원한 태양을 보려고

이 세상에 태어났을 거야.

내가 이 지구상에 탄생할 다른 이유가 없지.

보라! 저 휘황한 태양은
정말 그럴만한 가치가 있지 않은가?
충분히 그럴만한 아름다움이
숭고함이 깃들어 있지 않은가.
언젠가는 내가 이승의 생명을 다하고
영면의 눈을 감았을 때
그 시간에도 태양은 오늘처럼
저 푸르고 공활한 하늘에
홀로 작렬하며 빛나고 있을 거야.
오 태양이여! 그대는 어찌하여
이 우주에 이 세계에 존재하는가?
태양! 이것이 그대의 의미인가. 이유인가.
우주 하늘을 가득 채우며 넘치는 빛의 축제여! 향연이여!

태양의 전설 2

태양이여 안녕!
나에게는 이런 세계가 있다오.
때로 휘황하게 코로나 왕관을 쓰는 영원한 태양!
그대가 하루나 이틀 떠오르지 않더라도
밝음의 시간과 어둠의 시간이 교차하고
밤과 낮이 있고
태양! 그대가 구름 속에 숨은 듯 사라져 멀리 있어도
아침과 저녁이 오고 가며
태양! 그대가 한두 해 보이지 않는다고 해도
추운 날과 더운 날
꽃 피는 날과 과일이 익어가는 시절이 있고
낙엽 지는 날과 눈 내리고 비 오는 시간이 있으며
그리하여 봄 여름 가을 겨울의 사계절이 뚜렷하고
태양! 그대가 존재하지 않더라도
사랑하는 사람의 눈빛을 볼 수 있고
그대가 비치지 않는 날도
별과 달 은하를 즐길 수 있는 세계가 있다오.

그대여 안녕! 태양이여 안녕!
가령, 이러면 어떨까?

해는 그냥 십 년에 한 번 이십 년에 한 번씩
저 청명한 하늘에 떠올랐다가는 기울고
달도 한 오 년에 일 회 육칠 년에 일 회씩만
보름달과 하현달이 차올라 비친다면
믿기 어려울 거야.
그렇다면 태양은 더욱 보고 싶은 존재가 되고
달님은 더욱 그리워지겠지.

아니! 떠 있는 해가 일주일에 한 번 열흘에 한 번씩 기울
면 좋겠지.
한 달에 또는 삼 개월에 한 번씩 서쪽 하늘로 진다면 낮
이 길어서 정말 좋을 거야.
우주의 태양은 너무 뜨겁다고요?
그렇다면 반문하고 질타하겠지.
그런 곳이 천국이지 이런 지구 세계 같은 곳이 될 법이나
한 일이냐고?
아니지요. 그 세계는 북극이나 남극처럼 추워서
사람이 살기 어려울 거야.

그렇다오. 그래도 따뜻한 세계가 있다네.

밤은 대낮처럼 밝고, 겨울은 초여름처럼 무더운 나라

내 마음속에는 언제부터인가 그런 세계가 있다오.

아마 오늘날의 이 우주는

그렇게 탄생하였을 것이오.

그러다가 지금의 세계가 되었을 것이오.

저 찬연한 태양, 달과 별, 도도하고 아름다운 은하가 되었을 것이라오.

정말 좋아요. 고마운 태양의 세계여!

그대 태양은 온 우주의 심장이요 뇌두(腦頭)이다.

태양의 전설 3

태양은 항상 웃기만 하지.
아침 동산 위에 웃으며 떠올라
저녁이 오면 서산 고개 넘어가면서도
빙긋이 웃으며 진다네.

태양은 하느님이 있는가?
아니면 스스로 신인가?
태양은 슬픈 일이 없지.
그렇지 않으면 찡그린 표정을 짓거나
소리를 내어 울기도 할 거야.
태양은 하늘 가득 얼굴을 내밀면은
눈부시게 훤한 웃음을 짓는다오.
태양의 젊음은 언제나 펄펄 끓어오른다오.
지칠 줄도 모르고 노쇠할 줄은 더욱 모르는
영원한 청춘이여!

태양이 슬픔을 안다면
진실로 우는 모습을 한번 보고 싶다.

태양이 울면 아마 우레 천둥 치는 소리보다 더 큰 소리를
내며 울 거야.
온 우주가 날아갈 듯 우렁차게 울겠지.
언젠가는 태양도 자신의 삶을 알게 될 텐데…
아무것도 모르는 듯, 온갖 사연 잊은 듯이
태양의 일생은 그저 웃는 것이라네.
태양의 마음은 억만년 영원히 웃는 거야.

태양도 밤에는 아무도 몰래 울기도 한다네.
밤새 시간이 닳도록 새벽까지 울겠지.
구름 속에서 울지. 어둠 속에서 울지.
아니 어둠 속에서는 웃지.
밤이 오면 두꺼운 어둠 속에서 쉬고 싶겠지.
그게 태양이야!
봄 여름 가을 겨울 가끔 쏟아지는 빗물이
태양의 눈물이라오.
활활 타오르는 환희의 눈물일 때도 있지.
그래서 태양은 시도 때도 없이 웃기만 하는 거야.

아침에 뜨는 태양과 저녁 시간이면 떠오르는 태양이 있다.
밤에는 달 대신 또 하나의 태양이 뜬다.
태양이 지고 나면 이어서 다른 해가 떠오른다.

아침에 두 개의 해가 나란히 뜨는 나라가 있다.
하나는 북동쪽 하늘에서 뜨고
다른 하나의 해는 남동쪽 하늘에서 떴다가 동시에 서남
쪽 하늘이나 바다로 기울지.
지금은 저 하나의 태양이지만
영원을 부르는 이름의 태양!
별 중의 별! 태양 중의 진짜 태양!

태양의 전설 4

처음 둘이었던 태양이 하나가 된다.
하나뿐인 태양이 둘이 될 수는 있는가?
태초 빅뱅의 우주 역사가 시작될 때부터
태양은 영원히 하나인 거야.
그대는 일천억 개의 더 많은 태양 중에
우리의 우주를 찾아온 하나의 큰 별이다.

저 허허 망망 모래벌판 아라비아 사막 한복판에서
초원과 수목의 황하 언덕과 시베리아 벌판에서
텍사스와 와이오밍 목장의 말과 소 떼들의 등 위에서
로키 산맥 아래 펼쳐진 그랜드 캐니언과 옐로스톤 공원
의 지평에서
남극과 북극 얼음 동산의 한 구릉에서
세계의 지붕 히말라야 고봉의 아스라한 능선 위에
태평양과 인도양 대서양의 하늘 한가운데에서
바라보는 태양은 모두 하나이다.
다만 뜨거움과 추위의 온도 차이가 조금 있을 뿐이지.
태양이 지면 밤이 오고
아침이 오면 태양이 뜨고
밤과 낮의 시간이 조금 다를 뿐이지.

이렇게 하면 좋을 거야.
세계 각국 나라마다 태양이 다르다면 괜찮겠지.
영국과 러시아의 해가 서로 다르고
중국과 일본의 해가 다르고
한국과 유럽의 해가 서로 다르고
미국과 프랑스, 그리스와 이탈리아의 태양이 서로 다르
다면
아시아와 아프리카, 아메리카와 오세아니아가
서로서로 자기 나라 태양이 따로 있다면
아주 재미있을 거야.

금성과 달의 태양이 다르고
천왕성과 명왕성의 태양이 각자 다르고
오리온 자리와 북두칠성의 태양
별자리마다 태양이 서로 다르고
은하와 더 먼 우주의 태양이 각기 다르다면
그럴 수도 있겠지.

우리가 존재하는 태양계의 태양은 하나인 거야.
태양이 많으면 서로 자기 나라 태양만 바라보고
자기 나라 태양만 자랑하며 살게 되지.

인류는 모두, 동물도 모두, 바위와 나무도
태양이 거느리는 한 가족이 되려면
태양이 하나인 것이 좋아.

태양을 각각 나라마다 가지고 있어야지만
서로 가지려고 다투지도 않고 좋을 거야.
세계가 우주가 봄 여름 가을 겨울 사계절이 다를 뿐…
그러면 우리 한국인은 미국이나 러시아에 가지 않아도
좋고.
헝가리와 프랑스는 영국과 사우디아라비아에 가지 않아
도 되겠지.

그렇게 되면 더 많은 인류가
이웃 나라 멀리 방문하고 왕래하고 여행하며 좋겠지.

태양의 전설 5

태양은 저 달과 수많은 별을 월식하듯이 잉태하였다가
금환일식 때처럼 새로 낳는다.
태양은 마을 동산 위에서 떠올라
배 속 포만의 위장이 부풀어 오르고 뜨거워
블랙홀 된 몸과 마음 식히려고
저녁 무렵이면 서산 능선 너머로 기운다.
태양은 동해 멀리 독도 해수면 위로 떠올라
금강산 남쪽 하늘을 둥실둥실 날아서
대관령 고갯마루 서편 노을 속으로 진다.

그대의 해는 높이 병풍처럼 늘어선 소백산맥 능선에 떠서
서쪽 들녘 끝 만경평야 건너는 지평선으로 진다.
어딘지도 모를 망망대해 바다 가운데서 솟아올라
일년내내 그 하늘에 떠 있다가
잔잔한 파도 건너 수평선으로 진다.
어떤 해는 캐나다 북부 오로라 상공에서 떠서
남미 아마존 강변마을 밀림 속으로 기운다.

해가 태양이고 태양이 해이면 어떤가?
태양과 해는 각기 이름만 달리 부를 뿐이지.

남해의 어느 해변 마을
서해의 한 외딴 섬에 가서 본 해는 하나같이 아름답고 찬
란하였다.
서울 북악산에서 솟아올라 산둥반도 건너 홍콩으로 지는
태양이 파리 런던의 아침 해로 뜬다.
그런 태양이 대동강 모란봉에서 떠올라
한강 하류 서해로 잠영하듯 멀리 기운다.
백두산 머리 위의 해가 압록강 따라 흘러
석 달 열흘 후에 한라산 골짜기로 저물어도
오직 하나뿐인 해이다.

중국 나라 만리장성이나 영국, 이탈리아나 인도
일본이나 미국 나라 어디에 가서 봐도
태양은 태양이고 하나같이 광명하고 아름답다.

태양은 세상 무엇을 보려고
항상 저리 눈을 부릅뜨고
온 우주를 지구 세계를 노려보고 있는가?
언제나 우주의 횃불을 훤히 밝히고 있는가.

저 붉은 태양이 어두운 빛을 낼 수 있다면
낮도 밤같이 칠흑의 어둠으로 가득 차고
세상은 아무것도 산야도 바다도 새도 구름도
은하도 별도 보이지 않을 거야.
그럼 세상은 고요하고 편안한 시간이 이어지겠지.
짐승도 초목도 파도도 서로 보이지 않으니까
부딪치고 서로 싸울 일이 없겠지. 그게 평화야!

세계가 훤히 밝기만 하면
서로 좋은 것만 보고
금은보석과 다이아몬드 진주만 쫓아 서로 다투고
별나라와 은하를 서로 앞질러 가보려 싸움질만 하는 거야.
그것은 평화가 아니지.

태양은 중심 온도 1,500만 도 원자로보다 뜨겁고
태양의 빛은 8분 20초가 지나면 나에게 도달하지만
열 번을 태어나도 가보지 못하는 거리의
지구의 나와 1억 4,960킬로미터 먼 곳에 존재하는 세계
이며
동서남북 네 방위가 있고. 아래위 16방위가 되고…

봄 여름 가을 겨울 사계절이 있고. 또 하나의 계절 제5의
계절이 있고…
그것이 태양이다.

자신을 불태우고 피를 불사르며
세상을 밝히는 것이 태양인 거야.
영원히 태양인 거야.

태양의 전설 6

인간은 그날이 그 시간이 언제일지 몰라도
저 태양을 영원히 보지 못할까 두렵다.
이 세계에 지구상에
모든 생명, 살아있는 것들은
태양의 뜨거운 햇살과
겨울날의 살을 에는 추위를
느끼지 않게 되는 것이 무섭다.

내일 아침이면
당신을 보지 못하고 이 땅에서 이별하는가!
사랑하는 부모 형제 누이 사촌 친구들과
영원히 헤어지는 것만 두려운 게 아니라
항상 변함없는 저 태양을 만나보지 못하게
될까 슬프다.

사랑하는 내 아내와
아들 손자들의 초롱초롱한 눈망울만큼
저 광활한 창공을 밝히는
태양을 마주 보지 못하는 게 더욱 안타깝다.

어찌하여 태양은
저 높은 황막한 우주에서
항상 나를, 이 세계를 비춰보고 있을까.
낮과 밤을 번갈아 가며
봄과 가을 여름과 겨울을 바꾸어가며
세상을 펼쳐놓고 지켜보는가?

아무리 그렇더라도
인간은 저 신령한 태양이 빛나기에
논밭에 곡식을 가꾸고 목장을 살피며 과수원을 꾸미고
온갖 축제를 즐기며 살아간다.
칠흑의 어두운 밤도 밝히며
흥겨운 잔치를 벌이다 잠든다.

영겁의 시간이 지나도 갈 수 없는 나라
가고 싶지 않지만 가까이 가지 못하는 나라
이 하늘에도 저 하늘에도
이승에도 저승에도
태양은 빛나고 있다.
어제처럼 오늘도 내일도…

벌레 들꽃 새들에게

누가 응답해주리.
저 거친 들녘에 널린 이름 모를 꽃들은 왜 피었다 지는지.
풀숲 속을 기어 다니는 작은 벌레며
창공을 나는 새들은
왜 속삭이는지.

누가 말해주리.
나 어릴 적
그 허허로운 벌판을 단장해 주던
푸른 잔디며 풀꽃들은 어디로 갔는지.
바위틈을 돌아
긴 논둑길을 따라 흐르던
시냇물은 그 어디쯤
지금도 흐르고 있는지.

누가 들려주리오.
안개 속을 헤엄치며 무리 지어 날던
새 떼들의 정겨운 노래를
저녁 길가에 내리는 별빛들의 반짝이는 눈맞춤을
언제 다시 보리오.

천지와의 대화

저 높은 산과 넓은 들
긴 강과 바다는 귀도 크구나.
어이 세상 사람의 말들을
가만히 듣고만 있는가?
아마 누구 말은 듣고
또 어떤 사람들의 말은
듣지 않을 수 없어 그럴 것이다.

저 검고 큰 바위와
우람한 정자나무 고목은
우거진 초목들은 입술이 없나 보다.
그대들은 또 어찌하여
세상 사람들의 말을 듣기만 하고
아무 대꾸도 아니 하는가?
먼지 모래알 벌레처럼 수많은
사람들에게 일일이 화답하기보다는
오히려 가만히 아자(啞者)가 되어 있는 게 좋아요.

저 푸른 하늘과 태양
밤 은하의 수많은 별들과 달은
또 어찌하여 아무 표정 없이 바라만 보고 있는가.
아마도 세상 사람들은
저들이 눈을 뜨고 있는지 감고 있는지 모르리라.
저들도 보고 싶어서 보고 보기 싫어서 안 보지는 않겠지.

하늘이여!
산과 들 강과 바다여!
어떻게 말할 수 있으랴
그 수많은 내력을.
언제 다 풀어놓을 수 있으랴
그 쌓인 이야기들을.

봄비 오는 꿈

한밤중에
잠을 자는데 자꾸 꿈이 깨이오.

꽃비 내리는 밤
꿈을 꾸면은 잠이 깨이오.

자다가 꿈을 꾸다가
파랗게 날이 밝았소.

강이 되는가

(꿈속처럼 한적한 들 마을 앞 휘돌아
깊고 넓게 흐르는 큰 물길을
사람들은 강이라고 부른다.)

얼마나 오랜 시간과 역사가 녹아 흘러
강이 되는가.
얼마나 숱한 인환(人寰)의 내력과 노래를 품어
강이 되는가.

얼마나 많은 생명의 피와 눈물을 담아
강물이 되는가.

얼마나 큰 홍수가 범람하고
성난 용트림을 하여
바다 되는가.

얼마나 침묵하고
얼마나 사랑하여
강이 되는가.

개미역사

개미 행렬을 지켜보면서
한나절 하루를 보내며 놀던
어린 시절이 있었지.
수없이 많은 개미 떼 겹겹이 줄지어
어디론지 분주하게 오가는 모습이 신기하여
때가 되는지 해가 지는 줄도 모르고
골목길 모퉁이에서 홀로 시간을 즐긴다.

시냇물 줄기처럼 길 위에 흐르던
검은 곤충 무리의 긴 행렬이
개미 가족이 새집을 지어 이사하는 중이라고 하고.
전쟁하러 가는 개미 군단이라고도 하고.
먹이를 구하고 옮겨 다니는 비상사태라고 하지.

한여름 뙤약볕을 쏘이며
땀 흘려 행군하는
개미 행렬은 정말 보고 있을수록 신비로웠지.
개미들의 삶은 사람과 너무나 같았어.
개미가 사람을 닮았는지
사람이 개미를 배웠는지.
개미 떼들이 나의 친구였고.
그렇게 하루해를 보내는 것이
어린 시절의 일과 중 하나였지.

억새꽃

가을날의 먼 하늘 바라기
언덕 위 하얗게 피어있는
억새꽃.
갈 길 몰라 헤매는 나그네 앞
머리 숙여 풍향계가 되어준다.

길은 저녁노을 따라 붉게 흐를 때
바람은 억새꽃 숲 사이로 불어오며 노래한다.
저기 아련하게 등불 비추는 마을
오늘 밤 쉬어 갈
집이 나지막이 보인다.

금은보석

금은보석과 진주는
아름답게 빛나지만
함부로 자신 몸을 드러내지는 않는다.

가장 작으면서
제일 크고 높은 가치를 지닌 몸
사랑한 만큼
사랑받는 빛의 마음
보석 알은 언제나 눈 부신 해를 품고 있다.

3부

사랑하기 위하여

사랑하기 위하여 2

사랑하기가 그리 쉬운 일인가.
사랑, 사랑 말들 하지만
그 사랑은 입술에서 말로 낳는 것이 아니라
깊은 가슴에서 우러나는 것이라.

사랑, 사랑 말은 많지만
사랑하기가 어디 쉬운 일인가.
숲을 지나는 작은 오솔길 하나도
개미 떼 들고양이들이 수많은 발자국을 남기고
외로운 산보자가 천 걸음 만 걸음 오간 후에야
비로소 길이 열린다.

강 강이라고 노래하지만
강이 어디 처음부터 강이런가.
저 높은 산마루 나뭇잎 위를 구르는
수억의 빗방울이 바위 등을 흘러내려
가느다랗게 들을 건너 모인 물줄기가
강을 이루고 바다 되는 것이라.

사랑! 사랑 말은 달지만
그 사랑이 어디 귓가에서만 울리런가.
사랑은 영원한 성전 신약의 말씀에 있고
부처님 손바닥 안에도 있다.
사랑은 아무리 퍼내고 담아봐도
채워지지 않는 것이라.

진정한 삶

인생이란 무엇인가? 하고
새삼 묻고 싶어질 때가 있다.
나의 고된 하루하루를
삶이라고 말할 수 있을 때
그대는 참다운 내가 된다.
만일 그대가
그대에게 주어진 일상을
고통이라고 지옥이라고, 또는 죽음이라고 탄식한다면
그대는 어디에서도 자신을 찾을 수 없다.

자유롭고 평온한 삶을 원한다면
매일 이어지는 그대의 일상에서
굳이 큰 행복을 만끽하려고 하지 말라.
아무리 많은 에너지와 치성을 바쳤더라도
그 기에 이미 행복의 꿀을 비워낸
그대의 나날은 빈속 껍질만 남는다.

인간의 삶이란 결국
하루의 얼마인가를 하느님과 누군가를 위해
떼어 주어야 온전히 이루어진다.
값진 삶이란
얼마만큼 행복을 누리느냐가 아니라
그 행복을 어떻게
누구와 나누어 가질 수 있느냐의
답변이요 궁극이다.

그럴 수도 있지요

세상에 이런 사람은 없지만
마음이거나 육신이거나
정말 심하게 앓아보지 않은 이는
아픔을 모를 거예요.
기나긴 삶의 여정에서
한 번도 행복해 보지 않은
사람은 행복을 알 수 없듯이.

이 세상에 그런 사람은 없어도
마음이거나 육신이거나
단 한 번도 비참해 보지 않은
위인은 진정한 슬픔을 모를 거예요.
인간 만사 한 번도
깊은 환희를 맛보지 못한
그 사람은 진정한 기쁨을 알 수 없듯이.

참으로 그런 사람은 없더라도
사랑이거나 미움이거나
언제나 혼자 있는 사람은
진짜 외로움을 알 수 없죠.
한 번도 사랑해보지 못한
단 한 사람도 미워해 보지 않은
그 사람은 진실한 사랑을 모른답니다.

지금의 이 순간

(1)
지금, 이 순간
그대는 사랑이라고
무슨 말이라도 속삭일 수 있다.
오늘 이 장소에서
그대에게 오직 하나뿐인
생명을 바쳐서라도 영혼을 바쳐서라도
사랑하겠노라고 맹세할 수도 있다.
이 세상 끝까지
저 하늘나라에 닿을 때까지
우리 함께 가자고
서로 행복하자고 다짐할 수도 있다.

(2)

오늘 이 순간

그렇다고 하여도

감히 사랑하였노라고 말할 수 있는가.

아무리 그렇다고 해도

감히 행복하였노라 노래할 수 있는가.

정말 그렇다고 하여도

영원히 행복하고

영원히 사랑하였노라고 고백할 수 있는가.

진정 그럴 수 있는가.

이별이여 안녕

그대는 누군가를 사랑하고
이별할 때가 있다.
사람들은 슬프게 말한다.
사랑이여 안녕? 이라고.

둘이 서로 좋아하다가
죽기로 좋아하다가 싫어지면
그 철책보다도 무서운 경계에서
부드러운 입술로
그대는 선언한다. 이별을 선언한다.
아름다운 사랑이여
행복했던 사랑이여
안녕! 이라고.

오늘 나는 말한다.
이별이여 안녕! 이라고.
지금 이 순간 이후로
나에게 이별은 없다오.
이별! 그대는 영원히
나에게 떠나다오.
다시는 나를 찾지 말아다오.
이별이라는 언어는 나의 사전에 없고
나의 인생에 이별 역사는 없다오.
나는 신이 허락한 이 영광의 순간
그대에게 이별을 고하노니
이별이여 안녕!
영원히 안녕!

언약

어떻게든 남과 여 사이에
사랑의 맹세는 할 수 있다.
둘만의 약속을
사랑하는 연인 간 서로 지키는 사이가 있고
약속을 어기는 남녀가 있다.
인생도 성공하고 연애도 성공하는
연인 사이에는 그렇지 않겠지만
인생이거나 연애이거나
어느 한 가지라도 실패하는 남녀에게 있는
가장 중요 포인트는 그가 꼭 해야 할
사랑의 맹세 앞에 주저하게 된다는 것이다.
연애 혹은 결혼 앞에
서로의 믿음을 지킬 언약은 할 수 있다.
연애도 결혼도
각자 인생이 중요하다고 생각할 때
결국, 인생이거나 결혼이거나
온전히 자기를 희생하지 않고서는
어느 하나도 성공의 시그널을 울리기는 어렵다.

그리움

아침노을 속으로
새들의 눈빛이 깨어나 날아간다.

그대는 기다릴수록
오지 않는다.

맑은 샘물은 목마른 자에게
더욱 솟아나기 어렵다.

서녘 해는 안타깝게
바라볼수록 빨리 저문다.

꽃이 피는 이유

계절 따라 피고 지는 꽃이라지만
이 세상 모든 꽃이
언젠가는 질 줄 알고 핀다면,
자신이 그다지 아름답지도 않고
향기롭지도 잃은 줄 알면서
피는 꽃 있으랴.

붉은 모란이 필 때

개나리꽃 피고 지고
연분홍 진달래가 피고 나면
모란꽃이 핀단다.

우아한 햇살 머금으며
붉은 모란이 피어나면
장미꽃도 핀단다.

장미꽃 송이송이 가시 궁궐 짓고
짙은 향기 드리운 채 모란이 질 무렵
따가운 여름 햇살 속에
무궁화꽃이 곱게 핀단다.
달리아 칸나꽃도 핀단다.

해바라기꽃

가장 키 큰 꽃 중의 꽃이요.
머리도 제일 큰 두상화꽃이요.
큰 꽃잎 아기 꽃잎 가장 많이 피는 꽃이요.
씨앗이 제일 많이 박히는 꽃이에요.

꽃 중의 꽃은 모란화요.
꽃 중의 여왕이 장미라고는 해도
해바라기! 나 보고 꽃 중의 왕이라고
부르는 사람은 없죠.

언제나 밝고 맑고 따뜻한 날을 바라는
해바라기! 나는 노랑물이 들어있죠.
그리움에 가슴 속은 벌써 불타고
기다림에 젊음의 피도 식어 있죠.

해바라기! 나는 왜
고개를 살짝 숙였냐고요?
저 붉은 해가 너무 눈이 부시고 뜨거워서 그래요.
그러기에 해바라기죠.

참새

쥐 죽은 듯 조용한 날이면
저희끼리 집 안에 놀던
참새 떼.

종일 외출하였다가 돌아오면
처마 끝 돌아나간 뒤꼍에서
참새 가족이 푸릇푸릇 날아와
벼알 좁쌀 모이 뿌려 줄까 봐
종종거리며 모여들어
주인을 맞는다.

참새들이 모두 이사 가고
언제부터인지 보이지 않는다.
제 식구를 잃은 참새가
가끔 어디선가 날아와
온 집 안팎을 한 바퀴 돌아보고
날아가곤 한다.

정자나무를 노래하며

둥근 별 지구 중심에 고래 등 펴고
하늘 향해 팔 벌리고 서 있는
마을 앞 정자나무.
오직 한 몸 굳건히 버티고 서서
하늘로 높이 시간을 거슬러 오르는 나무를 보라.
일백 년을 오백 년을 천년을 헤아리는 기나긴 세월
어느 이방의 나라에도 한눈팔지 않고
쌓인 낙엽 썩는 기름 길어 삼키며
한자리에 살아있어 두꺼운 연륜 새기고
터 잡은 땅에 오래도록 머물러
가장 큰 몸통 되는 정자나무를 보라.

아침에도 저녁에도
봄 여름에도 가을 겨울에도
언제나 제자리 지키고 사는 나무들의 생애여!
아름다운 세계 더 넓은 우주 그리며
가고 싶고, 보고 싶은 곳 많지만
아무 데도 오고 가지 않는다.
산과 들 마을마다 강변마다

뛰어다니며 즐기지 않아도
홑몸 고요히 잠자는 듯하고
때로 춤사위를 펼쳐 온몸 흔들기를 하며
마냥 당산 뜰 가운데 붙박여 살아가는 거목의 정자나무여!

그래도 먼 우주 향하여 가장 높고
가장 길고 오랜 생명 이으며
늘 푸른 궁전처럼 커다란 지붕 두르고
비바람 눈보라의 시간들 옛이야기처럼 품고 산다.
사시사철 따스하게 빛을 뿌리는 해님 우러르고
온갖 새와 짐승들 숲 그늘에 깃들어 쉬며
저 달과 별들의 숨겨진 사연
은하처럼 고요히 끌어안고 사는
정자나무를 보라.

구름이 그린 원숭이 그림자

엄마는 나물 팔러 장터 가고
오빠도 시오리 밖 소재지 학교 가고
빈집 같은 마당에
혼자 공기놀이 하던
영희는 구겨진 치맛자락처럼
무릎 앞을 지나는 구름이 색칠하는
원숭이 그림자가 귀신인 줄 알고 놀랐다.

명시 감상

어느 유명 시인의 시를 읽는다.
뇌일수록 의미심장하고 달콤한
시구들의 깊이가 파고들수록 끝이 없는.
어느 이름 없는 시인이
해진 주머니 속에 구겨 넣은
메모지에 싸여 잃어버린 노랫말인가.
어느 포장마차 한구석에서 저녁 술 마시다
낯 모를 친구가 옆자리에 동석한 줄 모르고
취기에 뱉어버린 쓴 안주인가.

누가 언제 읽어도 곱씹으며
다시 한번 더듬어보는 빛나는 시어들.
영원히 잊히지 않을 것 같은 맛깔나는
명시, 너는 어이해 항상
원하지 않는데 가슴으로 젖어오는가.

행복의 빛

내가 행복하려고 하면
남을 진정으로 행복하게 하기는 어렵다.

내가 먼저 사랑받으려고 하면
당신은 그 누구도 사랑하기 어렵다.

나를 위한 삶을 추구한다면
아무리 위대한 능력가라 하여도
세상을 위해 살지는 못할 것이다.

그 어떤 행복의 가치도 사랑의 힘도
인간의 소망 안에 존재하고 있다.

4부

아침의 선물

아침의 선물

매일 창문을 열어젖히며
나를 깨우는 아침의 품에
눈 부신 햇살은 아무리 안겨도 고귀한 선물이다.

불치병인 양 찾아오는 고통의 심경이
나를 휘감는 밤일지라도
내일이면 찾아올
그대의 선물을 생각하라.

그대를 신이 버렸다고 원망스러울 때
그대가 믿고 싶지 않은 신이
잊고 있던 그 누군가가
그대를 위해 준비하고 있을 선물을 생각하라.
그대가 모르는 이 시간에도
그대에게 찾아올 선물이 있다.

지금 그대에게 아무리 긴 시간이 필요하고 멀지라도
언젠가 기적처럼 안겨 올 선물을 생각하라.
반짝이는 별이 소소하고 희미하게 비칠지라도
햇덩이처럼 달덩이만 하니
얼마나 큰 선물인가를 생각하라.
활짝 열리는 아침의 나날이
그대를 위해 찾아오는 기적이고 선물임을
항상 감사하라.

어느 무사한 날

이일 저일 아무 일도 안되는 시간이 이어지는
오싹한 날 아침이다.

산책도 다니기 싫고
가방 하나 꾸러 들고
비자 하나 덜렁 내놓고
외국 여행도 가기 싫어지는 날이다.

쿠쿠 통 열어 맨밥 한 그릇 겨우 들어 먹는다.
점심은 떡라면에 김치 조각.
배가 고프지도 부르지도 않고
커피 대신 녹차 한 잔을 마신다.
소화가 잘되는 성도 싶고 안되는 성도 싶고.
스마트폰을 켜 들고
카카오톡 카페 여기저기 뒤져보고
노트북을 열었다 닫았다
멍하니 텔레비전 드라마 시청으로
겨우 무료함을 달랜다.

그렇게 하루하루를 보낸다.
오늘도 무사하여 감사하고 행복한 날
자판을 두드려도
펜대를 잡고 A4 용지를 긁적거리며
시도 글도 써지지 않는 날은.

시인 남자

사람은 누구나 혼자다.
인생이라는 먼 길을
홀로 걸어가다 서 있는
벌판의 나무 같은 존재다.

누구든지 시인을 보면
너무 외로워 보인다고 말한다.
세상에 외롭지 않은 남자 있는가.

남자는 누구라도 혼자 걸으며
아득한 길을 가다 잠시 한 곳에 머무르는
어느 영장류 속의 한 존재.

웃는 세계 우는 세상

웃어요. 항상 웃어요.
함께 웃어요.

울지는 마오.
그대가 울면
산새도 울고 초목도 운다오.
정말로 울지 마오.
그대가 울면
강물도 울고 물고기도 울어요.

항상 웃어요. 웃는 세상은
산천초목도 살고 짐승이 살아도
우는 세계에는
아무것도 살지 않아요.
누구도 사랑하지 않아요.

종소리

가난한 소년의 귀청에
교회 종소리는 더욱 크게 울린다.

가난한 마을 동산에
뜨는 해는 너욱 따뜻하고
찬란하게 비친다.

가난한 집의 밤하늘에 뜨는
별은 언제나 정답고 밝게 빛난다.

창공의 새들은 마냥 높이 날며
시냇물은 달콤하고 힘차게 흐른다.
누가 이 세상을
가난이라고 노래하는가.

갈림길에서

당신이 걷던
두 줄기 갈림길에서
어디로 갈지 고뇌하지 마라.
당신이 희망하는 목적지까지 가는데
어느 길이 평탄하고 빠른 지름길일지
왕도는 정해져 있지 않다.

당신은 기로에 서서
망설이며 시간을 보낼 것이 아니라
서둘러 가던 길을 재촉하는 것이 낫다.

이 세상에서 어느 길이든
우주로 날아가는 로켓 비행선도
꼭 어느 항로로 날아가야 성공의 지름길이 될지는
하나의 길로 선택된 것이 아니다.
당신은 어느 길로 가던
목적지에 도달하여 쉬게 되리라.

어느 농부의 변(辯)

불볕더위에 이마 땀방울이 솟아
타는 햇살 짓이겨 맺히는 때
늙은 농부는 홀로 등 구부리고 앉아
억센 손끝으로 잡초를 쥐어뜯고
닳은 호미 닐 뿌리를 뽑아내어
들머리의 한 뙈기 콩밭을 맨다.

가녀린 잡초의 질긴 생명이여
야속한 농부의 손길을 탓하지 말아다오.
원망도 항변의 몸짓도 말아다오.
누렁개 집 비우듯 읍내 장터 구경 가고
촌로의 발길이 뜸할 터이면
너는 금시 야수처럼 자라나 귀신 머리칼 풀어헤치며
어린 콩대를 휘감고 온 밭을 뒤덮어
가난한 농부의 꿈마저 삼키고 말 일이다.
빈 콩깍지만 주렁주렁 열리게 할 일이다.

마을 공터처럼 굳은 땅을
찌는 햇볕 아래 흙먼지 뒤집어쓰고
무디어진 호미 끝날 긁어 팔 때
그 땅에 운명 걸고 살아가는
또 하나의 생명 무성한 잡초여!
텃밭 주인은 너 잡초도 콩도 아니란다.
그 땅은 오곡과 풀이 함께 살아가기 어려운
숙명의 땅.
늙은 농부의 손길보다도 더 억센 잡초여!

새벽 비

새벽 단비를 맞는데 빗방울은
나를 마구 때리는데 가렵게
머리를 맨 먼저 두들겨 보고
피로한 양 어깨를 주물러 주네.

빗방울은 이어 소나기 펀치를 날리며
쓰린 앞가슴을 다듬이질하고
깊은 사타구니를 후줄근히 적시며
온몸을 죄어 오는 모닝 타임.

어쩌란 말인가, 아파하면서도
끝내 나를 삼키고 마는
아열대성 폭우.
갑자기 입이 타들어 가며
허옇게 쏟아지는 우박 알을
번개처럼 주워 먹는다.

왜 때려요?
우박 알을 먹으면
만성 배앓이가 낫는단다.

코로나19 예방접종

인간은 누구나 무엇을 기다리며 산다.
이천이십일년 이월의 끝자락
나는 지금 빠른 백신 접종을 고대하고 있다.

코로나19 김염 바이러스가 먼저 오느냐?
코로나19를 물리칠 화이자 백신이 먼저 올 것인가?
내 생에 이렇게
가슴이 조마조마한 적이 드물다.
사람의 간장을 태우는 선착순 아닌 선착순
입국 비자를 못 받아서인지
다행히 아직 어느 것 하나 오지 않고 있다.

오늘까지 참 잘 견디어 왔는데,
언제 이 긴 시간의 테이프를 끊고
나에게 무엇이 먼저 날아올 것인가?

호박전

추운 겨울에 구워 먹는 음식이 뭐 있지?
군밤! 아니고요. 고구마! 아니고요.
호박전이야!

겨울에 가장 맛있는 요리가 뭐지?
고깃국! 아니야. 떡국! 다른 것…
호박전! 맞았어.

눈 내리는 겨울날 시골집에서
온 가족이 모여 구워 먹던
동그란 코리안 피자가 뭐지?
호박전! 그래 좋아.

달맞이꽃

밤이면
뜰 가운데
홀로 서서 피는
달바라기 꽃을 아시나요?

저녁에 피어서
내내 산골 밤을 지키고
아침녘이면 슬며시 자취를 감추는
그 달바라기 꽃을 보셨나요?

샛노랑 꽃 살포시 단장 하고
어둠 속에 갇혀 숨어 사는 듯
몰래 담장 위로 머리 내미는
달바라기 은은한 향취를 느껴보셨나요?

단풍꽃

서편 하늘 속으로 기우는 태양
피 토하듯이 불타는 노을!
푸르렀던 날들을 회상하면서
마지막 순간까지
한 생의 열정을 사랑을 그리움을 사르는
단풍꽃.

저 고운 빛의 노을은
온 숲을 출렁이는 단풍잎들은
살아있는 짐승 피의 색깔은
어찌하여 붉기만 한가?
그대들의 살아있는 마지막 숨결
영혼의 빛깔이다.

가장 좋은 길

어느 세계에서나
한 길로만 통하는 왕도는 없다.
삶이란 두 사람처럼 생각하고
걸어가는 긴 여정이다.

하나는 혼자이거나 둘 함께이거나
한 길로 계속 걸어가는 길과
둘이 함께 가다가
어느 갈림길에 서게 되었을 때,
한 사람은 오른쪽 길로
다른 한 사람은 왼쪽의 방향으로 걸어간다.
둘이 함께 오른쪽의 방향으로 가든지
둘이 한 사람처럼 왼쪽 길로 돌아가는 경우가 있다.

인간에게는 또 하나의
슬픈 운명 같은 길이 있다.
피할 수도 없이 아무 이유도 모르고
양방향에서 둘이 마주 보고 오다가
처음 만나는 길목에서
서로 엇갈린 반대 방향으로 걸어간다.

아무리 많은 길이 있다고 해도
남남이거나 남녀이거나
어느 길이든 처음부터 끝까지
둘이 함께 가는 길이 좋은 길일진대…
어느 한 길은 버리고 가는 폐쇄된 길에도
둘이 손잡고 가는 길 잘 들어선 길에도
가고 싶은 목적지요 도착점이 있다.

입춘 눈

호랑이해 입춘 눈이 온다.
우수가 멀지 않은 긴 겨울밤
내가 눈 내리는 것을 몰라서인지
눈이 나 몰래 내려서인지
밤새워 빈 뜰에 쌓인 눈이 발등을 덮는다.
차가운 햇살이 깨어나는 아침

하얀 눈의 정원을 바라보면 숨이 막힌다.
새삼 신비스러운 한 일도 아니지만,
지난해보다 깊고 느린 걸음으로 온
입춘 눈이 온 뜰을 뒤덮고
축제라도 벌이는 듯 들녘을 건너
앞산 자락에 눈의 궁전을 짓는다.
매화 향기 묻어오는 꽃눈이 내리느니

코로나19여!
넌 그만 물러가지 않으려느냐?
화사한 눈밭에 소망이 피어난다.

동짓날

보름 지난 상현달이
서산마루 위에 높이
하지 무렵 여름 해처럼 비추고 있다.
낮에는 힐링도 할 겸 둘레길 걷다가
이웃 사람들을 만나니
팥죽 먹었냐고 인사를 건넨다.
신축년 올해는 중 동지라!
잘 쑨 단팥죽을 한 대접 먹었다고
답례한다.

한국 사람은 어린 소년 시절이나
환갑 지난 육십 대나
동지 팥죽 먹으면 나이 한 살 더 먹는다고
입을 맞춘다.

붉은 동지 팥죽이
온 동네 구석구석 숨어 사는
겨울 귀신을 찾아내어
멀리멀리 쫓아내야 마을이 평안하단다.

사랑과 행복의 방정식

부부간의 행복 연인 간의 행복에는
아무 조건이 없는 것 같지만
아주 중요한 포인트가 있다.
행복에는 사랑이 동반해야 한다.
가령, 본인은 사랑하시도 않으면서
"여보! 나 지금 행복해요."라고
고백했다고 생각해보자.
고백을 받은 사람은
애인이, 아내가 진심으로 나를 사랑하고 있구나! 하고
같이 행복해 할 것이다.
"나도……"
그러나 진짜 속내에는
스스로 남편을, 애인을 사랑하지도 않으면서
그저 자기에게 쏟아붓는 관심과 배려에 만족하여
그것을 행복이라고 표현했을 뿐이다.
그러함에도 불구하고 그는
"아, 이 여자가!"
"이 남자가 정말 나를 사랑하고 있구나!" 하고 감복하게
되는 것이다.

사랑과 행복은 둘이면서
몸과 마음 하나가 된다.
행복 없는 사랑은 어려운 일이지만
거짓이고 가식이 아니면
사랑 없는 행복도 있을 수 없다.
사랑하지는 않아도 행복할 수는 있다.
한 사람의 적극적인 행동
거의 희생적인 사랑에도 불구하고
결국 끝에 가서 두 사람의 관계가
이별이나 실패로 끝나는 것은
그것이 완전체가 아닌 불안전한 사랑이기 때문이다.
성공하는 사랑은 사랑과 행복
둘이 하나로 합치될 때 이루어진다.
부부 관계는 길게 이어 나간다.
부부 사랑은 깊게 이루어진다.

초월의 시간

흐르는 시간을 앞질러 갈 수 있다면
나도 외계인이 되어
한 일억 년쯤 미래로 가서
미지의 세계를 즐기고 싶다.
그렇게 이억 년쯤 날아와
지금 이 자리의
나로 되돌아오고 싶다.

우주에는 어디에도
시간을 앞질러 가는 자는 없다.
시공을 초월하여 살아가는 자는 없다.
내가 한 삼억 광 세기의 과거로 돌아가
그때의 나를 찾아볼 수 있다면
꽤 좋을 거야.
그렇게 먼 과거의 시간으로 돌아가고 싶을 때가 있다.

5부

코로나19 바이러스

빛나는 경주성

천년 세월은 흘러갔지만
역사는 살아 숨 쉰다.
신라의 고도 경주성에 드니
불국사 노송숲 바람 소리 물소리
무구정광대다라니경을 읊는다.
불국사 석굴암 봉덕사종 첨성대
다보탑 무영의 전설 석가탑 포석정
늘어선 왕릉 금관총금관 금동미륵보살반가사유상…

영원히 변함없는 것은
사계절 작열하는 태양
푸른 하늘을 수놓는 밤의 달빛 별빛이건만
천년의 시간 속에서도 뛰는 맥박
현세에 더욱 빛나는 것은
고도 경주의 명성과 향기라오.

한 번 오고 두 번 와서 돌아보고
열 번을 찾아와도
그 보고 싶은 것 다 돌아보고
귀로 다 못 듣고 가는 곳이
작지만 큰 역사 도시 코리아 경주라오.

전주 한지

역사와 애향의 도시
전주시 오는 길은
항상 호남제일문이 열려 있으며
멀리 경기전을 앞뒤로 감싸 안으며 한옥 마을이 반기고
교동 향교가 있죠.
전주시 오는 길에
맛있는 콩나물비빔밥을 먹고
우리의 소리 국악 한마당을 듣고요
은은한 종이 향기에 취하여 돌아보면
바로 전통의 전주 한지의 고장입니다.

세상에는 꽃향기, 맛 좋은 음식 내음, 진한 화장품 내음 처럼
코를 자극하는 감미로움이 많지만
그중 제일 좋은 것은 금시 풀기 마른 한지 향기입니다.
아름다운 색감은 비단보다 곱고
하얀 비침은 햇살과 달빛을 빚어놓은 것 같죠.
책도 매고 두루마리 글도 쓰고요.
수의도 지어 입히며 매듭도 하고 공예품도 만드는
한지를 일러 만능 지물이에요.

옛말에 비단은 오백 년을
한지는 천년을 간다고 합니다.
한옥의 띠살문 완자창 봉창까지
새 한지로 발라 놓으면
온 방이 전깃불보다도 더 환하던
어릴 적 추억이 되살아납니다.
지등 연등을 밝히면
글은 절로 외고 시도 절로 지으며
홍등을 켜고 풍등이라도 높이 띄울라치면
마냥 춤을 추며 하늘을 날아가는 것 같습니다.

웅진강 상류 1

누운 채로 흐르는 웅진강 허리 품에
해와 달이 살지. 정월에 시작하여
십이월의 끝자락에 이르러야 하구에 닿는
웅진강 만 리 길을 가다
굽이치는 어느 나루터 앞 두물머리 곰소
천년 한 풀어놓고
해와 달은 물속 깊이 머물러 살지.

오늘 뜨고
내일 지면
해와 달은 곰소 떠나려니 여겼지만
그래도 가지 않고
아주 두물머리 곰소 안에 눌러살지.

철 따라 풀어 놓는 물새 떼 노래 듣고
가을에는 오색 단풍 두른 병풍 그림 치며
그저 그렇게 살지.
일년 이년 그렇게 살지.

웅진강 상류 2

푸른 물결 어리는 웅진강 두물머리
떠나려야 갈 사람 없고
기다려야 오는 이 없는 나루터기.
세월 잊고 서 있는
언덕 위 늙은 소나무 그림자
시름 접어 유영하는 학의 날개 기폭 올려
빈 배처럼 매여있네.

천년의 강 건너 찾아온 길손
반겨 줄 이 뉘라서
어이 그대 홀로 남아 있는가?

웅진강 상류 3

유구한 시대는 흘러갔지만
여기 강은 흐르고 있다.
도도하게 흐르는 역사와 함께
인걸도 영웅도 오고 가지만
인적없는 강나루
철새는 짝을 지어 날아다니고
물고기 떼 유유하네.

가는 세월 아쉬운 듯
밤낮없이 흐르는 강물도 여울지는 시간도
여기 용담호에 와 잠시 머물러 쉰다.
덩그러니 해를 안고 맴돈다. 웅진강은
밤이면 천년의 달을 품고 쪽배를 탄다.

*금강 상류 물줄기를 웅진강(熊津江)이라고 부르기도 한다.

백조의 노래

백조는 연화 호수에 오래 살아도
발자국을 남기지 않는다.
백조는 짝을 이루어 사랑해도
알을 깨워서 병아리 백조를 키우고
연화 호수에서 대를 이어 살아도
질척이며 뭍으로 올라오는 호수가 갈대밭에
삶의 흔적을 찾기 어렵다.

백조는 호숫물에 두 발을 담그고
일생을 보낸다.
어느 아름다운 천사의 시녀(侍女)인 양 날아온
하얀 백조의 순결한 삶과 사랑 이야기는
언제나 고요한 수심에 잠길 뿐이다.

나는 새와 피는 꽃

하늘을 나는
저 새들은
얼마나 더 높이 날아보고 싶을까?
둥근 달을 보면 달나라까지
반짝이는 별을 보고 별나라까지
날아가고 싶지 않을까!

인간이 로켓을 타고
우주 세계를 누비듯이
철 따라 지구를 몇 바퀴 돌고
그보다 멀리 날아가고 싶지 않을까?

담장을 기대고 핀
저 무궁화는 얼마나 더 큰 꽃송이를 피우고
싶을까?
한 다발 한 다발 넝쿨져 늘어진
장미는 얼마나 더 많은 꽃을 피우려 할까?

그래도 새들은
그만큼은 높이 날지 않는다.
그보다는 멀리 가지 않는다.
꽃들은 철 따라 저마다의 크기와 빛깔로
피었다가는 향기를 풍기며 진다.

낙엽에 관하여

나뭇가지에서 떨어진 가랑잎이라고
마음대로 밟으면 안 돼요.
텅 빈 뜨락 구석진 땅 위에 쌓이는
붉은 단풍잎을
그지 낭민직이라고 밟으면 안 됩니다.
훅훅 솔솔 불어오는 바람결에
바스락거리며 뒹구는 낙엽이라고
사색하는 표정의 발길로 차면은 안되지요.

갈색 낙엽들을 한주먹 주워
그 향기를 맡아 보세요.
진한 가을 빛깔에 눈을 맞춰 보시죠.
낙엽은 아직 잔잔한 숨결이 남아 있어요.
살아 숨 쉽니다.
낙엽은 정겨운 벗이요 사랑입니다.

가을 저녁

해가 진 지 꽤 늦어가는 저녁
나는 안뜰의 평상 위에 앉아있다.
이색적인 가을장마 중 하루
비 멎은 회색 밤하늘이 표정을 읽을 수 없다.
무더위 젖어오는 바람기도 한풀 꺾여
쏘일수록 시원하고. 오히려 문밖은
피를 빨러 달려들던
모기도 날지 않는다.

초가을 지나 중추로 접어드는
녹색 과육의 열매가 햇과일로
온갖 곡식들의 이삭이 익어가는
눈부신 녹음은 단풍으로 변신해가는
조용한 순환의 시절.

밤이 깊은 줄 모르고 쏟아지는 별빛 받으며
나는 목불(木佛)이 되어 시를 읊는다.

코로나19 바이러스

코로나19 감염 바이러스야!
너는 어디에서 왔는가?
박쥐의 똥에 스며들어 곰팡이 내음을 맡고 살다가
더 큰 세계 영양가 높은 나라로 가보자는 듯
사람의 코와 입속으로 날아든 너.

사랑도 행복도 아닌 악균(惡菌)의 네가
바람의 국경을 넘고 인종의 피도 가리지 않으며
지구촌 세계를 무비자로 떠돌다가
나이와 빈부도 구별 없이
사상과 종교도 모르는 체
도시와 농촌을 휩쓸고 지나간다.

코비드(COVID) 19 바이러스야! 여기에 모두 있다.

화이자 백신, 모데나 아스트라제네카

백신의, 너보다 더 무서운 죽음의 형벌이.

너는 이제 멀리 가라.

차가운 주삿바늘 촉 속에서 가라.

너는 어쩜 그렇게 무심할 수 있느냐

망막이 터질듯하여 보지 못하는가

코점막이 썩어 느끼지를 않느냐?

광란의 춤사위를 멈추고 정신 좀 차려라.

눈 내리는 날

아침부터 저녁까지
이른 밤부터 새벽까지
하염없이 그렇게 내리는 눈은
시작도 끝도 없이
언제 그칠 줄도 모르고
그저 펑펑 휘날리는 눈.

그렇게 알 수 없는
우리네 영원한 인생 이야기.
함박눈이 눈과 함께 나누는
무슨 알고 싶은 이야기들.
천일야화(千日夜話)보다도
길기만 한 이야기들.

그대에게
전할 소식이 있어도
아무런 소식이 없어도
저렇게 점점이 퍼져 내리는 눈.

기억의 역사

위대한 사람은 많다.
다만, 그대가 알고 있지 못할 뿐이다.

세계에 훌륭한 인물은 많다.
그대가 모르고 있을 뿐이다.

인류 사회에 참으로 위대한 인물은 많았다.
무릇 역사가 기억하고 있지 않을 뿐이다.

소원의 노래

지금까지 그 노래를
나는 들었노라.
"우리의 소원은 통일
꿈에도 소원은 통일…"

오늘날까지 그 노래를
나는 불렀노라.
"우리의 소원은 통일
꿈에도 소원은 통일…"

그런데, 이 순간에 이르고 보니
우리들의 소원은 통일이 아니다.
이제, 언제 통일이 오느냐고
묻는 사람이 없다.
어떻게 통일이 오느냐고
묻는 사람도 없다.

나의 소원은 언제 이루어지느냐고
우리의 소원은 어떻게 이루어지느냐고
소원의 노래를 불러본다.
지금 우리의 소원은 통일이런가.
꿈에도 그리는 소원이런가.

봄날

봄이 온다고
목청 크게 높여 노래하지 말 일이다.
저 연두색 물들기 시작한 들에
민들레꽃 피우며 노랗게 오는
봄이 놀라 돌아서 갈까 두렵노리.

꽃이 피어도
너무 수다스럽게 반기지 말 일이다.
봄은 분홍 진달래꽃 피는 오솔길을 지나도
소리 없이 왔다가는 가고.
푸른 보리밭 골
짝지어 노는 종달새
날아갈까 숨죽이노라.